FOLIO JUNIOR

© Éditions Gallimard Jeunesse, 2004, pour le texte et les illustrations

François David

L'été où j'ai perdu mon chien...

Illustré
par Aurélia Fronti

Folio junior
Gallimard Jeunesse

L'avantage, avec un père et une mère qui se disputent, c'est qu'ils finissent par se réconcilier. Ils sont gênés de s'être laissés aller. Alors ils sont prêts à tout pour se faire pardonner.

Ce jour-là aussi, les parents avaient crié. Ils s'étaient lancé des méchancetés ! Mais ensuite, ils avaient fait la paix. Brusquement ils étaient aux petits soins pour moi et m'avaient dit :

– Ma chérie, tu dois en avoir par-dessus les oreilles de nos disputes. Allez ! Pour te changer les idées, dis-nous ce qui te ferait plaisir.

Moi, je n'ai pas hésité. Comme j'avais vu partout des affiches sur LA GRANDE FOIRE DES MURETS, et des tas d'articles dans le journal, et Caroline, en plus, ma meilleure copine, qui m'en avait parlé toute la semaine, j'ai sauté sur l'occasion :

– Oh ! Maman ! Papa ! On y va !

Les parents avaient bien dit : « ce qui te ferait plaisir ». Ils ne pouvaient plus me refuser.

Une fois à la Foire, j'ai été drôlement impressionnée. Il y avait des milliers d'objets plus bizarres les uns que les autres : des poupées rabibochées, des landaus rouillés, de très très vieilles machines à coudre ! On s'arrêtait devant les stands et j'avais la bouche grande ouverte.

En fait, ce qui m'attirait surtout, c'était les animaux. Alors j'ai bientôt entraîné les parents dans l'espace qui leur était réservé. Les premiers qu'on a vus, c'étaient les cochons, avec de la paille tellement propre, et luisante! Je me serais bien allongée dedans. Moi qui croyais que les cochons étaient tout le temps dégoûtants! Puis, à côté, on a regardé les petites poules brunes. Ce qu'elles avaient l'air malheureuses, serrées dans leurs caissettes, et leurs cous qu'elles tendaient à travers les ouvertures! Mais on ne s'est pas arrêtés longtemps, et pas trop non plus devant les oiseaux qui faisaient un de ces potins! Un peu plus loin, tout le contraire : il y avait un perroquet aussi beau qu'au cinéma, mais qui ne voulait pas dire un mot!

De toute façon, je n'étais pas venue pour lui. J'ai pris la main de ma mère et celle de mon père, et je les emmenés plus loin. Mais arrivés près des chevaux, on ne pouvait presque plus avancer. Les chevaux étaient si rapprochés, il n'y avait pratiquement pas d'espace pour passer. D'un côté, j'aurais aimé rester un peu et les caresser. Mais j'étais impatiente. J'avais trop envie de voir les chiens ! C'étaient pour eux que j'étais venue à la Grande Foire. Depuis toute petite, j'avais rêvé d'avoir un chien.

On s'est faufilés, on est passés sous l'encolure des chevaux et on a réussi enfin à se frayer un chemin jusqu'au bout du champ de foire. C'est là que se trouvaient les vendeurs de chiens. Ils s'étaient regroupés. Par terre, dans des paniers, il y avait les chiots et, à côté d'eux, le plus souvent, les parents des chiots. Ça attire les clients. Tout de suite, j'ai crié :

– Oh ! Le caniche, là ! Comme il est mignon ! On le prend ?

– Aurélie, on a dit d'accord pour venir, a rappelé mon père. On n'a pas promis qu'on achèterait un chien !

– Moi j'aime bien les caniches, a confié ma mère de sa voix douce. Quand j'étais petite, on en avait un. Je l'adorais. Ceux-là, ce sont des toys ?

– Non, a répondu la femme rousse qui les présentait, ce sont des caniches nains... Ils sont un peu plus gros que les toys, mais ils sont moins fragiles.

– Ils sont capricieux aussi ! Et les caniches, c'est souvent jaloux des enfants.

– Oh non, monsieur ! Mes caniches sont très équilibrés. Ils n'ont jamais fait de mal à un gamin. C'est plutôt les enfants qui leur tireraient la queue ! Mais même dans ce cas, personne ne pourra vous dire que mes chiens ont mordu un enfant.

Mon père n'a pas répondu à la dame. Il s'est tourné vers moi, il m'a fait un clin d'œil et il m'a dit :

– Moi, je préfère les cockers.

– Oh, oui ! Un cocker !

De toute façon, un petit chien, un gros chien, un grand, un chien de race ou un bâtard, cela ne me gênait pas. J'avais terriblement envie d'un chien. Pourquoi pas un cocker ?

– Je t'ai raconté l'histoire du cocker de ma tante ? m'a demandé mon père. Il s'appelait Arsène. Il voulait toujours qu'elle lui lance quelque chose, une balle ou une pantoufle. Et quand il ne trouvait rien, tu sais ce qu'il faisait ? Il rapportait son oreille ! Oui, il prenait sa propre oreille dans la gueule et il la rapportait à ma tante !

Mon père avait les yeux qui pétillaient en me racontant ça.

– Serge, il n'y a pas de cocker, tu le vois bien.

– On peut attendre ! On n'est pas obligés de l'acheter aujourd'hui, ce chien !

– Papa, regarde, les bergers allemands, là-bas. On pourrait prendre un berger allemand.

– On n'a pas assez d'espace, Aurélie. Il serait malheureux dans notre appartement.

– Oh! Et ceux-là! Qu'est-ce que c'est?

– Des briards, a dit la dame dodue qui proposait ces chiots.

– Ce qu'ils sont beaux!

– Ils sont très doux avec les enfants! Ce sont des chiens très sensibles, très fidèles. Mais il faut les brosser souvent sinon leurs poils s'emmêlent, et alors il n'y a plus rien à faire, sauf les amener chez le toiletteur.

– Nous, on regarde, c'est tout, a précisé mon père.

– Quand même, ce serait bien pour la petite, a fait ma mère. Ce n'est pas toujours drôle pour elle...

– Qu'est-ce que tu veux dire?

– Rien. Mais un chien, ça lui ferait un compagnon. Comme elle est fille unique...

– Ça, si ça ne tenait qu'à moi...

– Tu ne vas pas recommencer!...

– C'est dommage, a repris la dame dodue, je n'ai pas pu amener les parents. Sinon vous auriez vu les chiens que ça donne, adultes. Ils ont le poil qui leur tombe presque sur les yeux, comme une frange! Ils sont super!

– Tu sais très bien, Thérèse, que je le souhaite, ce deuxième enfant, a enchaîné mon père. Pourquoi tu ne veux pas, toi?

– Tu crois qu'en ce moment...

La dame dodue a détourné la tête. Elle a fait celle qui ne les entendait pas et s'est mise à sortir les petits chiens de leur panier. Elle les plaçait sur ses genoux et les caressait les uns après les autres.

– Justement, en ce moment! a insisté mon père. Ça nous rapprocherait. On pourrait reprendre notre couple à zéro.

– Oui, il a zéro, notre couple! Là, tu as raison, a acquiescé ma mère avec une petite moue ironique.

– Ne plaisante pas avec ça, s'il te plaît.

– Mais c'est toi qui...

– Quoi ? Pourquoi moi ? Ce n'est pas moi qui ne veux plus d'enfants.

Ah non ! Ils n'allaient pas recommencer ! Je les ai coupés :

– Allez ! Dites ! On le prend, ce chien !

– Moi, je veux bien. Ça dépend de ton père.

– « Ton père » ! « Ton père » ! Comme si tu tenais compte de mon opinion !

– Enfin, Serge, il s'agit de ce chien. Est-ce qu'on le lui achète à la petite, oui ou non ?

– Il s'agit d'une connerie, oui. Qui va s'en occuper ?

– Moi, papa. J'en prendrai soin toujours. Je le jure. Sur ma tête !

– Tu entends ? a dit ma mère.

– Mais c'est une enfant de douze ans.

– Aurélie est très sérieuse, tu le sais. Presque trop. La maturité, ce n'est pas toujours une question d'âge.

Mon père est devenu tout rouge.

– C'est pour moi que tu dis ça ?

Ma mère a levé les yeux au ciel.

– Mais qu'est-ce que tu vas chercher ! Il est très mignon, ce chien, c'est tout. Pour une fois qu'Aurélie veut quelque chose. D'habitude, elle ne demande jamais rien. Même pas de disques ni de vêtements comme les autres filles de son âge.

Je me taisais. Je regardais droit devant moi. J'essayais de ne pas bouger du tout.

– Eh bien ! a décidé ma mère. Moi je le prends, ce chien.

– Vous avez raison, a confirmé la dame dodue. Au prix où je le vends, vous n'en trouverez pas de pareil. Bien sûr, il n'a pas de pedigree, il n'est pas tatoué. Sinon, hein, ce ne serait pas le même tarif. Mais il a tous ses vaccins et il a été vermifugé.

– Achète-le si ça te plaît, Thérèse, mais moi, je ne veux jamais avoir affaire à ce chien. Tu m'entends bien ? Jamais !

J'avais déjà choisi mon chiot, celui qui était le plus joueur. J'ai décidé de l'appeler Coquin. Coquin! Coquin!

J'avais l'impression qu'il répondait déjà à son nom. Mais la dame dodue m'a appris que c'était une femelle.

— Ah! Alors « Coquine ». C'est joli aussi, comme nom, Coquine. Vous ne trouvez pas?

Je savais que mon père disait parfois des choses dures lorsqu'il était en colère. Mais après, ça s'arrangeait. Par exemple, avec Coquine. Je voyais bien qu'elle le faisait rire. Il essayait de ne pas le montrer. Parce que les adultes, c'est bizarre, on dirait que ça les gêne d'avouer quand ils sont heureux. Mais je remarquais les coins de ses lèvres qui remontaient sans même qu'il s'en rende compte. Et il faisait un drôle de bruit, la bouche fermée, une sorte de « hum » qui passait par le nez. Ça voulait dire qu'il riait.

Il faut reconnaître que Coquine était une comique. Surtout à partir de ses huit mois, quand j'ai voulu lui apprendre des trucs de dressage. Caroline m'avait dit : « T'as une chienne. Tu dois lui montrer qui commande. Sinon elle va te manger sur la tête ! »

Ensuite elle m'a indiqué comment s'y prenait Ludovic, son frère. Il était allé avec son boxer dans un club et depuis il savait tout pour faire obéir les chiens : « ASSIS ! », « COUCHÉ ! », « DEBOUT ! », « AU PIED ! » : aucun problème. Et il adorait sortir en ville avec son chien : il lui mettait alors une muselière, mais pas la laisse. Le boxer restait à côté de lui, presque collé contre ses chevilles. Il faut dire que Ludovic les avait plutôt enflées, les chevilles, tellement il était fier que son chien lui obéisse !

– Tu n'as qu'à faire pareil, m'a dit Caroline. Tiens, regarde !

Elle a levé l'index et elle a commandé bien nettement :

– AS-SIS !

Coquine ne s'est pas assise tout de suite, aussi Caroline lui a appuyé sur le bas du dos pour la forcer :

– Là ! Tu vois ! a triomphé Caroline.

Mais elle n'avait pas fini sa phrase que Coquine s'était déjà redressée. Et chaque fois la même chose. Aussi, avec un petit sourire, j'ai fait remarquer à Caroline :

– Tu dis : « AS-SIS ! », mais c'est une chienne. Elle veut peut-être qu'on lui dise : « AS-SI-SE ! »

Caroline a réessayé comme ça. Seulement le féminin, le masculin, Coquine s'en fichait totalement. Et elle refusait toujours de s'asseoir.

Alors je me suis amusée à imiter la voix de Caroline. Je me suis accroupie, j'ai dit à nouveau, comme elle :

– AS-SIS !

Coquine s'est allongée de tout son long. Ensuite, je me suis levée et j'ai commandé :

– DEBOUT !

La chienne s'est assise sur les fesses. Enfin j'ai allongé la main en criant très fort :

– COU-CHÉ !

Et, cette fois, Coquine s'est levée aussitôt.

– Eh bien ! Ce qu'elle est douée, ta chienne ! Elle comprend tout ! a rigolé Caroline.

J'étais un peu vexée, aussi j'ai répliqué :

– Oui, parfaitement, elle comprend tout ! Simplement, c'est ces mots-là : « ASSIS ! », « DEBOUT », « COUCHÉ ! » qu'elle n'aime pas. D'ailleurs, je suis d'accord avec elle : ils sont secs et ils ne sont pas drôles ! Je te parie qu'avec d'autres mots, ça va marcher.

À partir de là, tous les jours, Coquine et moi, on s'est entraînées avec des mots différents. Et on a réussi ! Au bout de deux semaines, elle m'obéissait tout à fait. Je n'avais qu'à commander « SPAGHETTI ! », Coquine s'asseyait, « ÉPINARD ! », elle se couchait, et « CHOCOLAT ! », elle se levait. Ça faisait rire tout le monde. Même mon père. J'aimais tellement tellement l'entendre rire. Il n'était plus le même alors, tout détendu, adorable. Grâce à Coquine.

L'ennui, avec un père et une mère qui se disputent trop souvent, c'est qu'ils finissent par ne plus se réconcilier. A force de se dire des mots blessants, mes parents étaient allés trop loin. Ils ne pouvaient pas continuer à vivre ensemble. Même moi, je ne le souhaitais plus. Pendant des mois et des mois, je m'étais répété tout bas, chaque soir, avant de m'endormir : « Pourvu qu'ils ne se séparent pas ! Pourvu qu'ils ne se séparent pas ! Pourvu qu'ils ne se séparent pas ! » Mais ils se faisaient trop de mal. Comme des loups enragés. Finalement, ils ont divorcé. Et c'était sans doute le mieux. En tout cas « le moins pire » pour parler comme Caroline. Sauf qu'on a dû déménager. Ma mère a loué un appartement moins confortable et sombre dans un autre quartier. Au début, je ne connaissais personne. J'ai mis des semaines à me réhabituer. Mon père, lui, a pris un deux-pièces. Il n'y avait qu'une seule chambre, mais il avait installé un canapé dans son « salon-bureau-cuisine-salle à manger », comme il disait. Il espérait ainsi que je reste dormir quand j'allais le voir un week-end sur deux. Mais je n'osais pas amener Coquine. L'appartement était vraiment trop petit. Et moi, j'avais trop besoin de ma chienne près de mon lit pour pouvoir tout lui confier. Tant qu'elle était là, je me sentais rassurée. Aussi je préférais rentrer dormir chez ma mère et je revenais le dimanche matin. J'apportais des petits pains aux raisins. Mon père s'exclamait que ça lui faisait plaisir, mais je savais bien qu'il était triste qu'on n'ait pas tout notre temps, comme avant. Pendant deux années, en fait, ça ne nous est plus jamais arrivé de rester ensemble une soirée entière.

Aussi lorsqu'il m'a annoncé qu'il m'emmenait quinze jours dans le Midi, j'étais drôlement contente, pour lui autant que pour moi. Mais je n'ai pas voulu qu'on y aille sans Coquine. Il a bien sûr tout essayé pour me faire changer d'idée : il disait que quinze jours, ce n'était pas long ! Que tous les deux, on serait bien plus libres ! Et que c'était même l'intérêt de Coquine. Elle aurait trop chaud. Elle ne serait pas bien. Deux semaines dans un chenil, elle n'allait pas en mourir. Et elle me ferait une de ces fêtes quand elle allait me retrouver !

– Dans un chenil, elle sera derrière des barreaux, papa. Oh, non ! Pas dans un chenil !

– Sois raisonnable, Aurélie. Tu as quatorze ans, maintenant !

– Justement, papa. J'ai juré que je m'en occuperais. Alors je tiens mon serment.

– Quand vous avez pris la chienne, c'était une touffe de poils de rien du tout. Mais à présent, tu te rends compte de sa taille ! Et la vendeuse, tu te rappelles, la grosse dondon : « Je regrette de ne pouvoir vous montrer les parents ! » Aujourd'hui, on comprend pourquoi !

– Mais papa... On l'a, maintenant, la chienne...

– Non. Pas « on », Aurélie, pas « on » ! C'est ta mère qui a voulu te l'acheter ! Alors qu'elle la garde pendant les vacances !

– Maman va en Angleterre. Elle a bien le droit ! Là-bas, ils n'acceptent pas les chiens. Ou alors il faut les mettre en quarantaine. Et nous, on ne part que quinze jours, papa !

– Il ne fallait pas prendre cette bête !

Moi, pourtant, je n'ai pas cédé. Et on a emmené Coquine avec nous.

Au moment de charger la voiture, mon père râlait encore. Et encore en installant les bagages sur la banquette arrière, puisque le coffre était occupé par Coquine. Il lui avait bricolé un grillage spécial pour qu'elle ait de l'air. Ça m'avait fait vraiment plaisir ! Mon père grognait, mais en fait, j'étais certaine qu'il avait bon cœur.

Après, il s'est mis au volant, et lorsque mon père est au volant, c'est quelque chose ! Il est concentré sur sa conduite et sur l'autoradio. Je pouvais toujours essayer de lui parler, il ne m'écoutait pas.

Moi, je regardais le paysage. Sur l'autoroute, il n'est pas trop varié, mais parfois il y a des lacs aux formes bizarres ou des châteaux sur les hauteurs, comme dans les histoires.

— Papa, tu as vu ?

— Mmm ! répondait mon père.

Quand la voiture n'a presque plus eu d'essence, il a bien été obligé de s'arrêter. J'ai voulu descendre voir Coquine, mais mon père m'a demandé de rester assise :

— Avec tout ce trafic, on a déjà du retard !

— Il faut lui donner à boire.

— Oui, oui ! Passe-moi sa cuvette.

Mon père a d'abord versé de l'essence dans le réservoir de la voiture. Je l'ai vu courir vers la station, puis courir pour revenir. Dans le rétroviseur, j'ai aperçu le coffre qui s'ouvrait, puis qui se refermait. Mon père est remonté, a claqué sa portière, regardé sa montre et, tout de suite, il a remis le contact.

– Alors... ?

– Ça va. On est dans les temps.

– Mais Coquine ? Elle n'a pas eu le temps de boire.

– Non. On va s'arrêter sur une aire de repos. Là, ce n'était pas pratique !

Il a tourné le bouton pour monter encore le volume de l'autoradio. Et il s'est remis à rouler.

Un peu plus tard, j'ai presque dû crier pour lui dire :

– C'est quoi, ce voyant ?

– Hein ?

– Ce voyant orange allumé sur le tableau de bord, c'est normal ?

– Non ! Ce n'est pas normal du tout ! Heureusement que tu l'as vu ! Ah, décidément aujourd'hui !

Mon père s'est arrêté à l'aire de repos la plus proche et il a cherché, dans la boîte à gants, le guide d'utilisation de la voiture.

– Je ne le trouve pas. Il doit être dans le coffre. Attends, je vais voir.

Je le sentais énervé par cette histoire de voyant. J'ai préféré le laisser seul une minute.

Et puis, je suis descendue à mon tour pour donner à boire à ma chienne. Seulement, elle n'était plus dans la voiture.

– Coquine! Où est Coquine?
– Oh! Bon sang! Elle a dû sauter quand j'ai ouvert le coffre!
– Papa, comment c'est possible? Tu ne l'as pas empêchée?
– Je pensais à ce voyant. Je n'ai pas fait attention. Oh! Je suis désolé.
– Elle n'a pas pu s'éloigner si vite.

Je cherchais partout, affolée, et je ne voyais pas Coquine. J'ai essayé de me calmer. Et j'ai proposé à mon père de chercher d'un côté, moi de l'autre. Je demandais à tous les gens s'ils n'avaient pas aperçu une chienne avec des poils tombant dans les yeux. Mais au bout de vingt minutes, on s'est retrouvés, mon père et moi, devant la voiture : Coquine n'était toujours pas là.

– Si ça se trouve, elle a disparu tout à l'heure, à la station-service. Essaye de te rappeler, papa... quand tu as ouvert pour poser la cuvette. Est-ce qu'elle était bien dedans lorsque tu as refermé le coffre ?

– Je ne sais pas. Je suis distrait, tu me connais !

– Coquine a dû rester à la station-service. Il faut faire demi-tour.

– Tu as vu l'heure ? Les propriétaires qui nous attendent à 15 h 30 !

– Et après ? On ne peut quand même pas continuer sans Coquine !

– D'accord, Aurélie. Il y a une sortie dans cinq kilomètres. On la prend. Et on récupère l'autoroute dans l'autre sens.

Il a attaché sa ceinture et il a mis le contact. Mais, presque au même moment, on a aperçu une forme, dans le rétroviseur, qui courait dans notre direction.

– Coquine !

Je suis sortie de la voiture et j'ai serré ma chienne dans mes bras. D'où venait-elle ? Pourquoi n'était-elle pas restée dans la voiture ? Pour moi, ce n'était plus tellement important. J'avais ma chienne. On était de nouveau ensemble. Rien d'autre ne comptait.

Je ne sais pas si un animal est capable de deviner les sentiments des hommes. Mais c'est certain, depuis notre arrivée à Marseille, Coquine avait eu le comportement de la chienne idéale. En tout cas, idéale selon les critères de mon père.

Sa prouesse n° 1, ça avait été de se faire pratiquement oublier. Elle n'aboyait pas, elle ne lui mettait pas les pattes dessus, elle ne venait pas se frotter contre lui lorsqu'il rentrait. Même avec moi, elle était plus discrète que d'habitude. J'étais presque inquiète.

Mais je me disais : c'est la chaleur, surtout au mois d'août, à Marseille.

Prouesse n° 2 : la chienne ne cherchait pas à creuser des trous dans la terre, auprès des arbres, pour trouver de la fraîcheur. Elle ne causait pas de dégâts dans le jardin, ni dans la cour à l'entrée de la maison. Pourtant, elle y restait pendant toute la journée. Et elle n'a cassé aucun des pots de fleurs en céramique que les propriétaires avaient laissés. Et ça, c'était vraiment la prouesse n° 3 car ils étaient fragiles et la cour assez petite. Elle les effleurait à peine, presque comme une danseuse. Et elle avait bien accepté aussi de ne pas rentrer dans la maison, prouesse n° 4, elle qui vivait toujours avec nous d'ordinaire. Mais ça ne semblait pas la tracasser, elle gardait sa bonne bouille marrante, elle ne perdait pas l'appétit ; en plus, pas de puces, pas de tiques, prouesses n° 5, 6, 7, 8 ! Oh oui,

Coquine était devenue la chienne parfaite. Alors moi, je taquinais mon père. Je lui disais : « Hein, papa ! Cela aurait été trop dommage de la laisser, tu ne crois pas ? » et il était obligé de reconnaître que c'était vrai.

Au bout de quelques jours, c'est même lui qui a proposé de l'emmener avec nous à la plage. Pour faire un essai. Et Coquine a passé encore brillamment cette épreuve : prouesse n° je ne sais même plus combien. Elle s'est tenue très dignement. Elle est restée longtemps allongée sur sa serviette, exactement comme une vacancière. Mais après, elle ne s'est pas fait prier pour aller se baigner. Car nouvelle bonne surprise : Coquine adorait nager, elle qui ne s'était jamais trempé un poil dans l'eau jusque-là. J'allais au bout du ponton, je lui lançais un bout de bois le plus loin possible et elle se jetait à la mer pour aller le chercher. Et quand elle me l'avait rapporté, elle ne se mettait même pas à aboyer ! Une seule fois, Coquine s'est ébrouée à côté d'une dame qui pensait bronzer tranquillement et qui s'est retrouvée tout éclaboussée. Une sacrée douche froide ! Mais la dame n'a pas protesté. Coup de bol, elle aimait les chiens plus encore que son bronzage. Ça l'a fait rire ! Et elle a demandé à caresser Coquine.

Oui, tout se passait bien. Vraiment bien.

Sûr, je n'avais jamais vu mon père comme ça ! Par exemple, quand j'ai lancé l'idée de mettre les lits dehors et de coucher à la belle étoile, je n'aurais pas cru qu'il dirait oui. Pourtant il a été presque tout de suite d'accord.

Ce qu'on était bien, la tête dans les étoiles ! Coquine n'avait pas le droit de venir avec nous sur la terrasse, mais elle allait jusqu'en haut des escaliers. Elle se plaçait sur la dernière marche. Elle devait se dire : « Ah ! Bizarre ! Les humains qui font comme moi, cette nuit ! Qui couchent dehors ! »

Et puis, il y avait la partie de pétanque. Mon père m'emmenait d'abord au café boire un nectar d'abricot. Et juste en face, il faisait sa partie. Tous les jours. Avec les mêmes clients. Il prenait l'accent marseillais, il parlait fort, il contestait tous les points. Parce que les perdants devaient payer l'apéritif. Alors au café, après, c'était encore plein de plaisanteries.

Moi j'étais tellement contente de voir mon père s'amuser. Je me faisais toute petite. Un peu comme Coquine. Pour ne pas le gêner. Et j'avais le droit à mon deuxième nectar d'abricot. J'adorais ça. C'est à Marseille que j'en ai bu pour la première fois. J'adorais surtout le boire à côté de mon père. J'aurais aimé que ça dure tout le temps, qu'il n'y ait pas de dîner, rien que des apéritifs, du nectar d'abricot, le cri-cri des cigales et le rire de mon père.

Après l'apéritif, le dernier soir, on est rentrés à la maison et le téléphone a sonné. Ça m'a surprise, je me souviens : presque personne ne connaissait le numéro de la location. Je n'ai pas compris immédiatement qui téléphonait car mon père a parlé d'abord de la météo et de la température de l'eau. Et il avait toujours sa voix décontractée et chantante comme depuis qu'on était à Marseille.

Brusquement son ton a changé. Je l'ai entendu dire :

— Qu'est-ce que c'est que cette histoire ? Pourquoi tu me parles encore de cette chienne ?

Ensuite, il a fait sa moue des mauvais jours. Je le voyais qui s'énervait de plus en plus. Brusquement il s'est mis à crier :

— Eh bien ! Tant pis !

Et il a raccroché le combiné. J'ai demandé :

— C'était maman ? Elle voulait me parler ?

— Non. Elle voulait parler à Coquine !

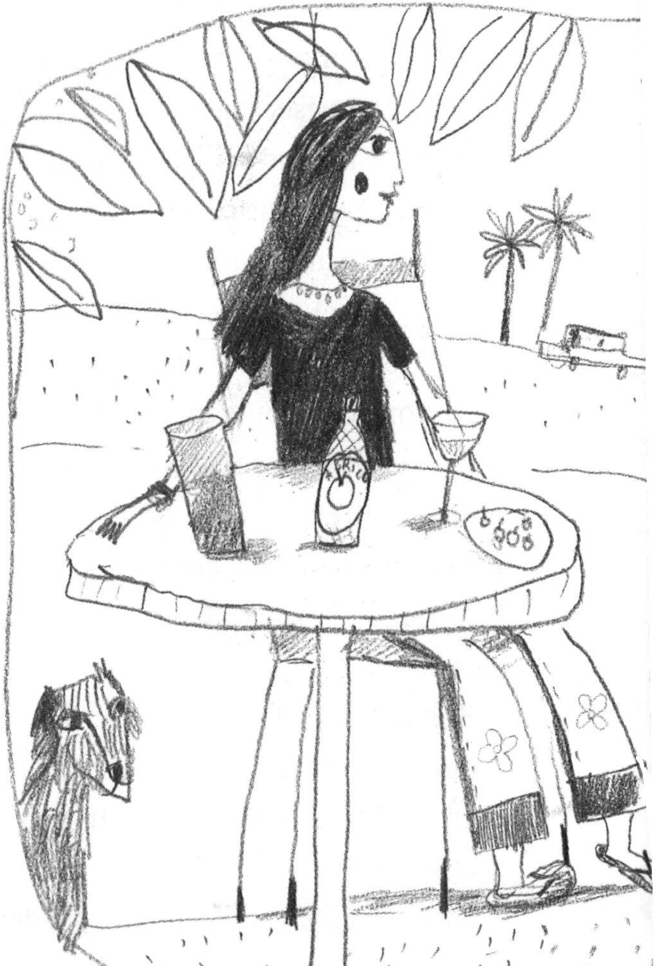

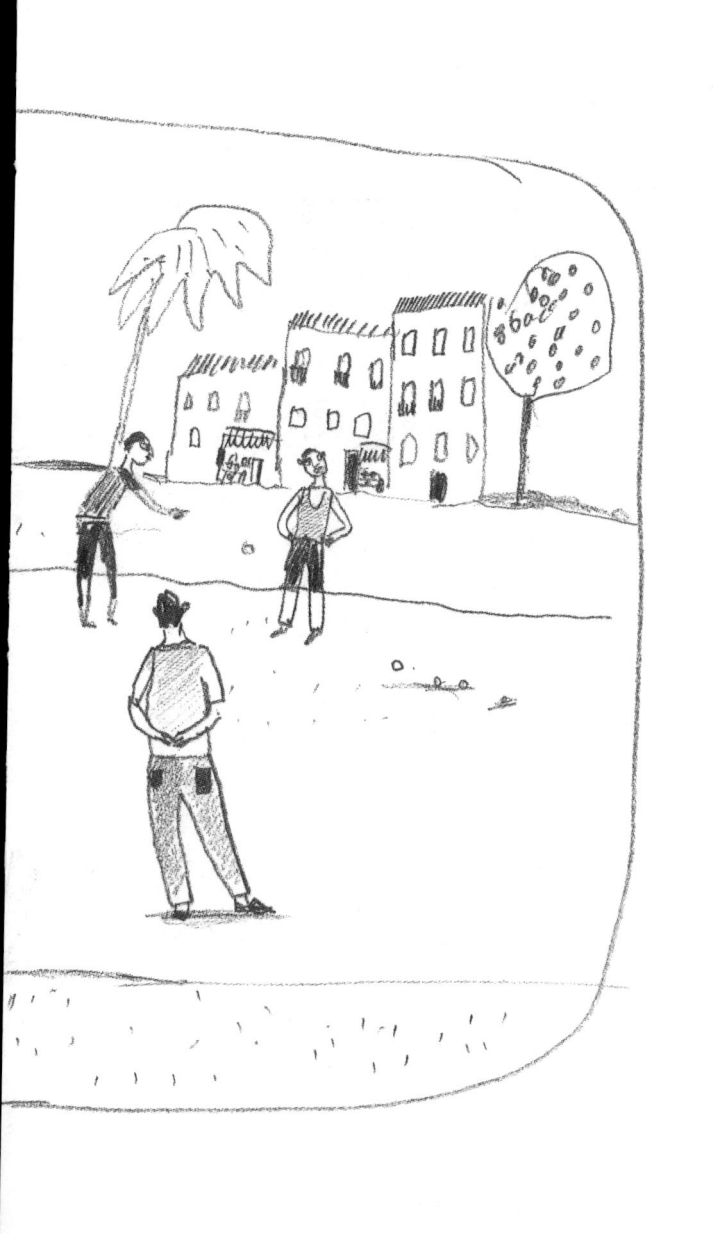

Il m'a lancé ça avec son visage fermé, comme du temps de leurs disputes. Je savais qu'il ne me dirait rien d'autre. Inutile d'insister. Il y avait quelque chose de gâché. Nos bonnes vacances étaient terminées !

Le lendemain matin, j'ai senti que mon père me posait la main sur l'épaule :

– Hummm ! Je dors ! Quelle heure il est ?

– Six heures.

– Hummmmmm ! Et à quelle heure on part, papa ?

– Sept heures !

– Alors, laisse-moi dormir encore un peu, s'il te plaît.

– J'emmène Coquine pour son petit tour. Comme ça, ce sera fait.

– Ah oui ! Merci.

J'ai pris mon oreiller dans mes bras, je

me suis retournée de l'autre côté et je me suis rendormie tout à fait.

Quand j'ai rouvert les yeux, mon père était devant moi, très agité :

— Coquine s'est enfuie.

— Oh papa ! C'est impossible !

— Près des collines, on a croisé un type avec une chienne doberman qui a voulu se jeter sur elle. Elle a paniqué, elle s'est mise à tirer sur la laisse comme une folle. Et elle s'est échappée. Je l'ai attendue. Mais elle a dû avoir peur de retomber sur la doberman. Elle n'est pas revenue. Et maintenant pour savoir où elle est...

Je me suis habillée tout de suite et je me suis précipitée dehors avec mon père. J'étais dévorée d'inquiétude. Coquine avait pu prendre la direction de la ville. Ou alors vers Cassis ou La Valbarelle... Dans ce cas, pas facile de la retrouver ! Au bout des quinze jours de vacances, on confondait encore les rues. Mais rien ne pouvait me décourager. Tantôt je l'appelais, tantôt je la sifflais. Et puis, de nouveau : « Coquine ! Viens, ma Coquine ! Coquine ! Coquine ! » Malheureusement Coquine n'entendait pas.

J'ai voulu la chercher du côté des collines. Dans la chaleur qui commençait à monter, j'ai couru jusqu'au chemin étroit qui grimpait au milieu des arbustes piquants. Seulement il y avait des centaines de petits chemins, presque identiques dans les broussailles, que la chienne avait pu prendre. Alors à nouveau j'ai crié : « Coquine ! Coquine ! » Et puis, je me suis dit qu'elle ne pouvait pas être partie par là, qu'il fallait redescendre vers la ville.

Mon père m'a assuré qu'on ne retrouverait jamais Coquine de cette manière. Et de toute façon, il fallait partir. Il était dix heures. Il ne lui était plus possible d'attendre davantage.

— Papa, non ! On ne peut pas s'en aller comme ça !

Il m'a expliqué qu'il devait absolument être de retour pour un rendez-vous à dix-sept heures précises. Il s'y était engagé. C'était à la demande de son patron.

— Il n'est quand même pas à une heure près, ton patron.

— Et qu'est-ce que je vais lui donner comme excuse ? Que la chienne de ma fille a fait une fugue ! Tu crois qu'il va accepter ça ? On ne fait pas toujours ce qu'on veut dans la vie, Aurélie !

— Il faut aller à la police, papa. Il le faut !

— Ah oui ! On va bien se faire recevoir ! Ils n'ont vraiment que ça à faire, tu crois, les policiers, de chercher les chiens égarés ?

— On peut au moins appeler la S.P.A.

— Tu sais que Coquine n'est pas tatouée. Elle vous l'avait assez précisé, la dame, quand vous l'avez achetée.

J'étais si mal. Je sentais une boule terrible qui me comprimait le ventre et j'avais peur que les larmes me submergent. Cependant je ne voulais pas craquer. Pour Coquine, je n'avais pas le droit.

– On ne peut pas la laisser là !

– La laisser où ? Où ? On ne sait pas où elle est partie, cette chienne. Votre chienne, plutôt ! Depuis le début, je me doutais qu'on n'aurait que des ennuis avec elle !

– Papa !

– On s'en va, Aurélie ! Ça fait plus de trois heures qu'on cherche pour rien, tu as bien vu. Alors maintenant, on ne peut rien faire de plus !

– Il faut retrouver Coquine, sinon...

– Sinon ? Dis donc, Aurélie, tu ne vas pas poser des conditions quand même !... Surtout à ton âge !...

Tout à coup, je me suis mise à crier :

– Pourquoi tu ne veux pas la chercher ?

– Je te dis qu'on m'attend, Aurélie. Tu m'écoutes ou pas ?

Non, je ne voulais pas l'écouter ! Un rendez-vous, même un rendez-vous important, ça ne peut quand même pas compter autant qu'une chienne qu'on aime !

– Ça te fait plaisir, hein, papa, qu'elle ne soit plus là ?

– Aurélie ! Qu'est-ce que tu racontes ?

– Tu l'as déjà « égarée » à la station-service, ou sur l'aire de repos, on ne sait même pas.

– Mais ce n'était pas de ma faute.

– Ce n'est jamais de ta faute, papa. Seulement Coquine disparaît, c'est bizarre, chaque fois qu'elle est avec toi !

– Tu dis n'importe quoi, Aurélie ! Je ne te reconnais plus ! Tu ne m'as jamais parlé de cette manière !

– Je te demande de chercher Coquine, papa, c'est tout ! Et toi tu ne veux pas !

– C'EST IM-POS-SIBLE, je te dis. On n'a pas le temps. J'ai un métier, je n'y peux rien ! Et j'ai rendez-vous ! C'est incroyable que tu n'admettes pas ça !

Comment est-ce que j'aurais admis ? Je voulais retrouver Coquine, moi. C'était tout.

– Toi, tu t'en fiches qu'on la retrouve ! Tu l'as dit toi-même, tu ne l'as jamais aimée, cette chienne ! D'ailleurs, tu n'aimes personne ! Même pas maman !

La claque est partie sans prévenir. La première claque de ma vie. Mon père ne m'avait jamais giflée avant. J'ai hurlé :

– Tu n'aurais pas dû faire ça, papa ! Je te déteste ! Je te déteste !

Pendant tout le voyage, je n'ai pas desserré les lèvres. Mais dans ma tête, ça bouillait ! Je repensais à la gifle. Et puis à tous les animaux abandonnés dont on parle à la radio. Ces gens qui les laissent pendant les vacances ! C'est écœurant ! Jamais je ne pourrai admettre ça ! Et voilà que moi aussi, je rentrais seule, sans Coquine !...

– Tu veux que je mette une de tes cassettes, Aurélie ? Ou tu préfères que je change d'émission ? Je peux ouvrir davantage la fenêtre si tu veux un peu plus d'air.

Mon père pouvait toujours me parler, j'avais trop de chagrin. Et plus envie de lui répondre. Plus du tout.

Par écrit, on exprime les choses autrement.

J'ai choisi un papier vert et j'ai mis :

Papa,
J'ai beaucoup réfléchi depuis qu'on est revenus. Je n'aurais pas dû crier et surtout je n'aurais pas dû t'accuser comme je l'ai fait. Ce n'est sûrement pas de ta faute si Coquine a disparu et...

Pas de sa faute ! Pas de sa faute ! Pourquoi j'ai écrit cela ? Est-ce que ça ne faisait pas quand même beaucoup trop de coïncidences ? Comment je pouvais croire encore qu'il n'y était pour rien ? Je n'allais pas lui envoyer une lettre bien gentille en plus ! Alors j'ai pris une autre feuille et j'ai écrit :

Je ne commence pas ma lettre par « papa » car je ne t'appellerai plus jamais comme ça. Ce n'est pas parce que j'ai passé l'âge. J'aurais aimé pouvoir le dire toujours. Mais un vrai père n'aurait jamais fait ce que tu as fait. Tu peux continuer à me mentir. A quoi ça t'avance ? Je suis certaine que c'est toi. Tu t'es vengé sur la chienne de tes problèmes avec maman. C'est trop dégoûtant ! Pour moi, tu n'es plus mon père. Adieu.

En relisant ma lettre, je me suis sentie mal à l'aise. Je l'ai froissée et je l'ai jetée. J'en ai commencé une autre, puis une autre. Mais je n'en ai envoyé aucune.

Cela faisait trois mois qu'on était revenus de Marseille et je n'avais pas revu mon père. Lorsqu'il me téléphonait, ma mère m'appelait aussitôt :

– Aurélie, c'est papa ! Viens lui parler ! Dépêche-toi !

Mais je ne prenais pas le téléphone. S'il écrivait, je n'ouvrais pas ses lettres. Elles s'entassaient sur le petit meuble de l'entrée. Ma mère insistait en vain pour que j'ouvre l'enveloppe dès qu'elle reconnaissait son écriture. Cela a duré comme ça... jusqu'au jour où il a sonné.

Ma mère a entrouvert et immédiatement il a placé son pied dans l'entrebâillement pour empêcher qu'elle ne referme la porte. Moi, j'entendais tout depuis ma chambre :

– Je viens voir Aurélie.

– Elle est sortie.

– Je suis sûr qu'elle est là.

– Arrête, Serge !

– Si ça se trouve, elle n'est même pas au courant que je lui écris. Tu lui montes la tête pour qu'elle ne sache pas combien je pense à elle.

– Arrête ou je téléphone à mon avocat.

– Oh oui ! Bonne idée. Ou au juge. Ce serait encore mieux ! Parce que j'ai le droit de voir ma fille. C'est écrit sur le jugement. Tu veux que je te le montre ?

– Pas la peine : je le connais.

– Alors ?...

– Alors, elle ne veut pas te voir, Serge, je n'y peux rien.

– Ce n'est pas vrai.

Tout à coup, mon père s'est mis à crier. Et c'était mon prénom qu'il criait : « Aurélie ! » Du plus profond de lui, il m'appelait : « Aurélie ! » Sans respirer presque entre chaque appel : « Aurélie ! Aurélie ! Aurélie ! Aurélie ! » Et là, ça a été trop. Trop fort. J'ai couru vers l'entrée et j'ai ouvert la porte à mon père.

Mais aussitôt, j'ai pensé à Coquine. Elle aussi avait dû appeler, appeler sans cesse. C'est terrible, un chien qui hurle. Et nous, nous ne l'avons pas entendue ! Alors j'ai dit :

– Maman ne t'a pas menti. C'est vrai, je ne veux plus te voir.

– Aurélie ! Ne dis pas une chose pareille !

– Je ne veux plus te voir, papa.

C'était bizarre. D'un côté, je ne pensais pas que j'allais dire ces mots-là. Et c'étaient eux qui sortaient de ma bouche pourtant.

– Ça n'a pas de sens. Moi, je veux te voir. Tu ne peux pas m'empêcher de venir te chercher.

– Et après, papa ? Tu vas m'emmener de force ? Ou m'enfermer chez toi ? De toute façon, je m'enfuirai à la moindre occasion. Et je reviendrai ici. Chez maman.

– C'est à cause de la chienne, Aurélie ? C'est toujours cette histoire ?

« Cette histoire », « cette histoire », je me suis mise à répéter ces mots-là : « cette histoire ». Comme si c'était une simple histoire sans importance d'avoir perdu Coquine ! Mon père a dû s'apercevoir qu'il avait été maladroit car il a ajouté :

– Je t'ai déjà expliqué pour Coquine. Elle s'est échappée... Moi, je n'y peux rien. Il faut qu'on se revoie, Aurélie.

– D'accord : quand j'aurai ma chienne.

– Quoi ?

– Quand j'aurai ma chienne, je veux bien qu'on se revoie.

– Mais qu'est-ce que tu racontes ? Coquine a disparu. Personne ne sait où elle est.

J'ai regardé mon père, mais je n'ai pas répondu. Je suis partie dans ma chambre et je me suis allongée sur le lit. J'essayais de ne plus penser à rien ni à personne. Et puis, les minutes ont passé. J'ai cru qu'il était parti. Mais la porte s'est ouverte tout doucement. Mon père n'a pas osé s'asseoir. Il est resté debout, comme un enfant pris en faute. Il a juste dit :

– Je vais la chercher.

– Hein ?

– Je vais chercher Coquine.

– Mais tu as toujours prétendu que tu ne savais pas où elle était partie.

– Je la trouverai.

– Alors tu sais où elle est ? Où papa ? Où ?

– Je ne sais pas, Aurélie. Mais je la trouverai. Je te le promets.

La suite, je ne l'ai pas apprise sur le coup, mais des semaines plus tard. Alors, j'ai connu les détails, tout ce qui s'était passé depuis ce jour où mon père m'avait annoncé qu'il allait retrouver Coquine.

Par exemple, j'ai su qu'il était parti dès le lendemain. Son patron l'avait pourtant mis en garde. Les vacances, c'était une fois par an. S'il partait, il serait mis à la porte.

Mais il a choisi de partir malgré tout. Il est monté dans sa voiture et, une fois sur l'autoroute, il n'a plus pensé qu'à une chose : arriver le plus vite possible à Marseille. Il a

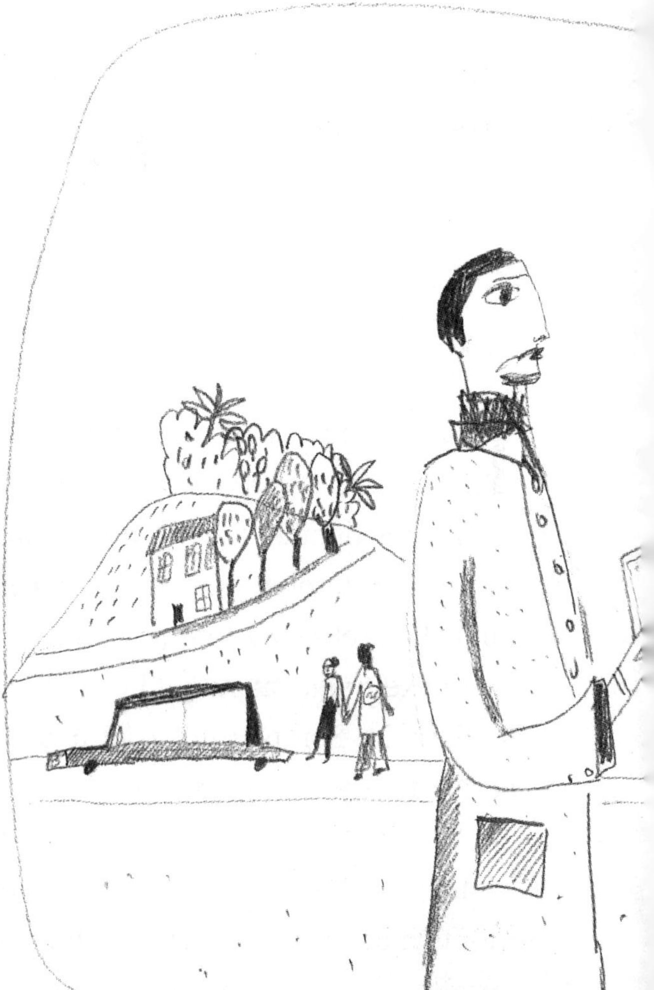

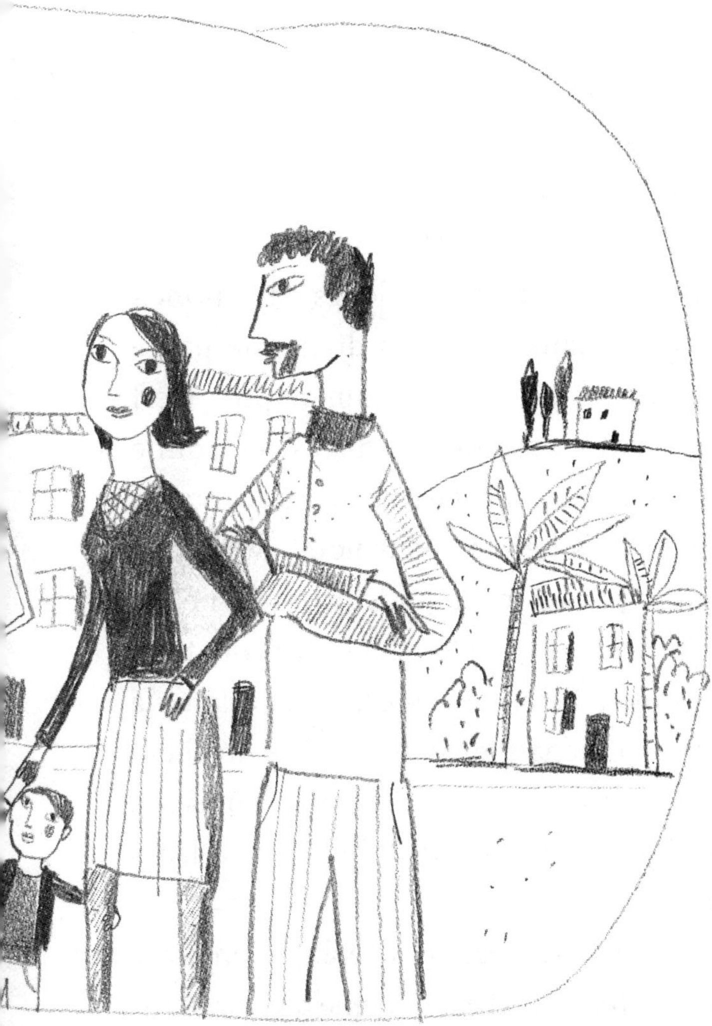

trouvé un hôtel pas trop cher, tout près de la Valbarelle où nous avions notre location. De là, il s'est rendu directement chez les propriétaires. Il leur a demandé s'ils n'avaient pas aperçu Coquine. Elle avait pu essayer de retrouver la maison. Mais non.

Mon père a alors appelé les deux principaux journaux. Il leur a dicté une petite annonce en décrivant Coquine. Après, il est allé à notre café des vacances. Personne n'avait vu Coquine. Le patron, les clients, ils étaient tous désolés pour nous. Et chacun avait sa petite idée. Pour le patron, il ne fallait pas oublier que les chiens, c'étaient des anciennes bêtes sauvages. Alors quand la nature reprenait le dessus... Mais un client avait un point de vue différent. D'après lui, c'était un coup des scientifiques. Pour leurs expériences...

– Arrête, té! Gaston! a répliqué un autre consommateur. C'est rien que des rumeurs, ça ! Les savants, ils ont un cœur comme tout le monde ! Non, vous voulez que je vous dise : votre chienne, elle est belle, elle est douce. Pour moi, elle aura été adoptée. Pas pour mal, allez ! Des gens l'auront vue tourner pendant plusieurs jours, ils auront eu pitié de la pauvre bête, ils lui auront donné à manger. Et comme ils savaient pas à qui elle était... Eh bien, ils l'ont gardée. Voilà !

Les autres clients n'étaient pas vraiment convaincus, mais c'était l'heure de la partie de pétanque. Ils ont proposé à mon père de jouer. Une petite partie, allez ! Pour se rappeler les vacances ! Mais il a dit non. Il n'avait pas la tête à ça. Il est sorti du café pour me téléphoner :

– Ça y est, papa ? Tu as retrouvé Coquine ?
– Bientôt, Aurélie. Je suis sur une piste.

Chaque jour, mon père m'appelait, et chaque jour, c'était comme la veille. Pourtant il essayait tout. Il était même allé à la gendarmerie. Mais les gendarmes l'avaient envoyé promener. Ils n'arrivaient déjà pas à assurer avec les jeunes du quartier, alors les bêtes... Mon père leur a dit alors que c'était leur boulot et les gendarmes lui ont demandé de changer de ton. Ce chien, en somme, risquait de divaguer sur la voie publique. C'était interdit, ça ! Ils pouvaient lui mettre une amende ! Et s'il continuait, ils pouvaient aussi le poursuivre pour insultes à gendarmes dans l'exercice de leurs fonctions ; et là, ça pouvait aller très loin.

Alors il s'est passé une chose bizarre : mon père s'est mis à pleurer. Les gendarmes s'attendaient à tout, sauf à ça. Surtout de la part d'un homme apparemment solide, bien costaud. Et le voilà qui pleurait. Ça les a surpris encore plus que s'il avait sorti un revolver.

– Hé ! Monsieur ! Ho ! Ho ! Ne vous mettez pas dans des états pareils. On n'est pas des monstres, allez !

– Excusez-moi, je ne sais pas ce qui m'a pris. Mais ce n'est pas mon chien. C'est celui de ma fille, vous comprenez.

– Ah !... a fait l'un des gendarmes. Et dans quel coin il a disparu, ce chien ?

Finalement, le gendarme lui a posé toute une série de questions, comme pour une vraie déposition. Il a même fait signer mon père. Il s'est engagé à l'appeler à l'hôtel s'il apprenait quelque chose. Et dès le lendemain, il a téléphoné. Mais c'était pour dire qu'il n'y avait rien de nouveau. Une fausse piste. On avait signalé un chien de la même taille et de la même couleur que Coquine. Mais ce n'était pas un briard.

– De toute façon, je vous ai bien dit, hein, monsieur. Il ne faut pas vous faire trop d'illusions. Les animaux, on les retrouve dans les trois jours, ou alors... Surtout que la chienne n'était pas tatouée... Enfin, on ne sait jamais... Si j'apprends quelque chose, je vous appelle. Vous restez jusqu'à quand à Marseille ?

Jusqu'à quand ? Mon père ne savait plus. Il m'avait promis de retrouver la chienne. Mais si Coquine avait bel et bien disparu, il pourrait rester à Marseille jusqu'à la fin du monde, il ne la retrouverait pas pour autant. Il m'a appelée une nouvelle fois :

– Allô, Aurélie, c'est moi.
– Alors...?
– Alors... Pour l'instant, rien de sûr encore...
– Et ta piste?
– Eh bien... Je ne sais pas... Mais ne t'inquiète pas, Aurélie... Je te rappelle...

Mon père comptait toujours sur les petites annonces. Des gens continuaient à téléphoner. Ils étaient très gentils. Ils savaient ce que c'était que perdre une bête! Quelqu'un lui a même proposé de lui donner un autre chien. Mais lui, il voulait me ramener Coquine.

Pendant quatre jours, il ne m'a plus appelée. Et puis le téléphone a enfin sonné. J'ai décroché très rapidement. J'ai dit « Allô! » et, comme je n'entendais rien, j'ai demandé « Qui est à l'appareil? » et j'ai tendu encore plus l'oreille.

Alors j'ai entendu du bruit.

C'était un chant, un chant lointain, le chant des cigales que je reconnaissais dans le téléphone. Mais personne ne parlait. Et puis on a raccroché. Mon père n'avait pas eu le cœur de me dire qu'il n'avait pas pu retrouver la chienne.

J'aime bien, le soir, discuter avec ma mère. Quand elle rentre du travail, elle est encore préoccupée par sa journée et par tout ce qu'elle a à faire aussi à la maison. Mais pendant le dîner, on peut se parler vraiment. Et après également, lorsqu'elle savoure son infusion à la verveine. D'abord elle y trempe les lèvres pour la goutter et elle la trouve toujours brûlante. Alors elle réagit avec un léger sursaut des épaules, puis elle se tapote la bouche du coin de sa serviette et elle annonce : « Je crois que je vais attendre un petit peu. »

Ce soir-là, comme les autres, elle venait de se brûler les lèvres à sa verveine. Je me suis approchée d'elle, je me suis assise juste à côté et je lui ai demandé :

– Les cigales, elles font quoi ?

– Qu'est-ce que tu veux dire, Aurélie ?

– Eh bien ! Comment ça s'appelle, leur chant ?

– Oh ! J'ai appris cela il y a longtemps... Attends ! Les grillons grésillent, les mésanges zinzinulent, les rossignols gringotent...

– Mais je te demande pour les cigales, maman.

– Les cigales... Les cigales, je ne me rappelle plus... Un instant... Je vais regarder dans le dictionnaire.

Ma mère s'est levée.

Elle a cherché sur l'étagère et elle revenue s'asseoir tout près :

– Voilà ! J'ai trouvé : les cigales craquettent ou bien elles stridulent aussi.

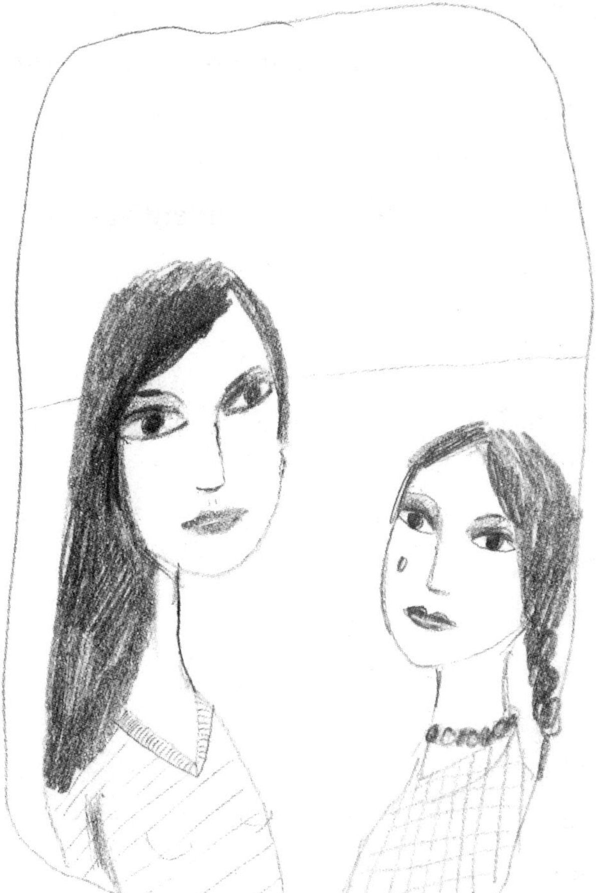

– Pourquoi on dit qu'elles stridulent d'après toi ?

– C'est sans doute comme un cri « strident » : sifflant, perçant, un cri qui fait presque mal.

– Oui, maman. Elles stridulent vraiment, les cigales.

Depuis le dernier appel où seules les cigales avaient chanté, je n'avais plus eu de nouvelles de mon père. Alors j'ai essayé de l'appeler, moi. Mais le numéro n'était plus valable. Une fois, j'ai même téléphoné à son ancien travail, mais on m'a répondu qu'on ne savait rien. Et ma mère ne savait rien non plus. Sinon elle me l'aurait dit, j'en suis certaine.

J'étais malade d'inquiétude. Je n'avais plus envie de sortir. Plus envie de voir mes amies, à part Caroline. Elle qui me faisait tellement rire d'habitude n'arrivait pourtant plus à me dérider. Je souriais légèrement, seulement pour lui faire plaisir. Et Caroline était toute gênée. Elle essayait de continuer à plaisanter, mais elle voyait que c'était sans résultat et s'en voulait de me laisser aussi triste. D'ailleurs, rien n'y faisait. Je n'avais pas plus envie de regarder la télé. Toutes ces images, tous ces sons, j'avais l'impression que ça me tirait dans la tête et que ça m'empêchait de penser à mon père.

Mon seul refuge, en fait, c'était le travail pour la classe. Seulement mes bons résultats ne suffisaient pas à me redonner le moral. Et je devenais impossible avec ma mère qui restait pourtant si patiente, si attentionnée et qui se faisait du souci pour moi. Chaque fois qu'elle me demandait si je n'avais pas de problèmes, je répondais : « Mais non, mais non, ça va très bien ! », et j'allais désormais m'enfermer dans ma chambre.

Si elle voulait savoir ce que je faisais, je lui répondais que j'avais du travail.

Ce week-end-là aussi, c'est ce que j'ai répliqué quand ma mère m'a appelée :

— Ouvre, Aurélie !

Je prépare mes cours.

— C'est une surprise, vite !

— Maman, je travaille, je te dis. J'ai un contrôle d'histoire lundi matin.

— Mais c'est Coquine...

Là, ça m'a fait mal qu'elle dise ça. Comment ma mère pouvait-elle se servir du nom de ma chienne pour me faire sortir de ma chambre ? Ça lui ressemblait si peu.

— Coquine est là, je te dis ! Ouvre !

Je ne pouvais pas le croire. C'est presque en colère que j'ai ouvert la porte... et j'ai reconnu ma chienne. Ou plutôt, quelque chose en moi, dans mon cœur, a reconnu ma chienne.

Car ce n'était pas possible de reconnaître

Coquine dans cet animal si sale, si maigre qui se tenait là devant moi.

– Maman, comme elle doit avoir faim ! Il faut lui donner à manger.

– Elle a déjà mangé. Chez les voisins. Il paraît qu'elle a dévoré.

– Chez les voisins ?

Alors ma mère m'a raconté : Coquine avait mis des mois pour revenir, elle avait fait des centaines et des centaines de kilomètres. Et elle avait tout retrouvé. La région. Le quartier. La rue. L'immeuble. Tout. Simplement, c'était à la porte du quatrième étage, pas du cinquième, qu'elle avait gratté. Elle était sans doute trop épuisée. Les voisins ne l'avaient pas reconnue. Ils lui avaient donné à manger. Et puis, ils étaient venus demander à ma mère si, par hasard, elle avait déjà vu cette bête.

J'écoutais. Je souriais sans m'arrêter. Je serrais ma chienne contre moi et je souriais.

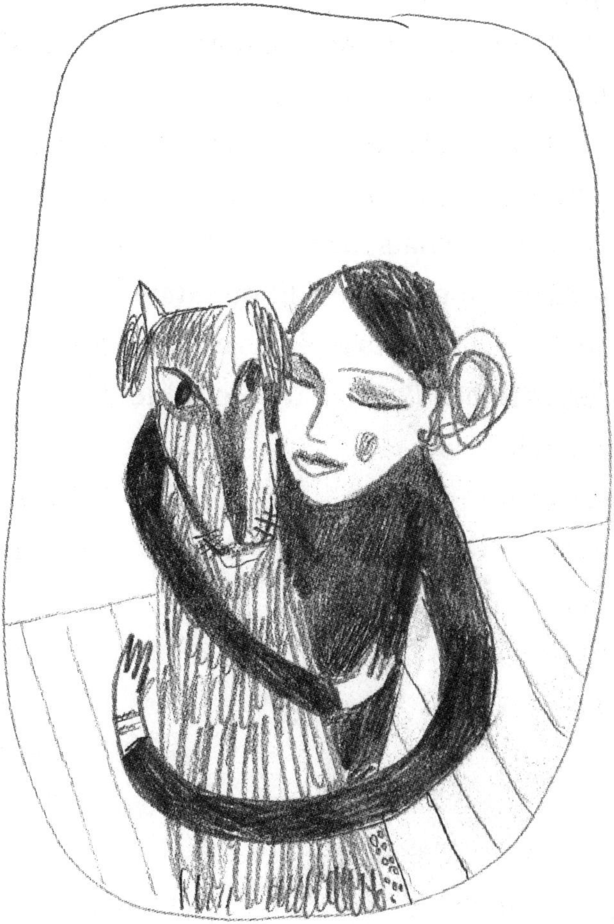

Mais je prenais plein de précautions pour la caresser, pour poser ma tête contre ses flancs : j'avais tellement peur de lui faire mal.

Je n'arrivais pas à réaliser. J'avais entendu parler de ces prouesses extraordinaires : des chiens, des chats, qui avaient parcouru des distances incroyables. Et qui avaient réussi à retrouver leur foyer. Mais cette fois, c'était Coquine qui l'avait fait. Coquine était de retour !

– **P**apa ! C'est moi. Tu sais quoi ?
– Non.
– Coquine est revenue.
– Oh !
– Papa...
– Oui.
– J'aimerais tellement te voir. Est-ce que je pourrai venir demain ?
– Et... ta mère... ?
– Maman est tout à fait d'accord. C'est elle qui a trouvé ton nouveau numéro. Et elle me l'a donné. Alors, à demain ?...

J'ai revu mon père ce jour-là. Et je l'ai revu régulièrement après. Tout a été mieux depuis. J'ai repris du poil de la bête. Comme Coquine.

Six semaines après son retour, elle avait, en effet, déjà bien récupéré. De nouveau, elle avait ses beaux poils longs et bien coiffés. Finie la tignasse crasseuse et tout emmêlée ! Quand elle était revenue, elle faisait pauvre chienne maigre et épuisée. Mais elle avait repris une partie de son poids. Je la pesais tous les jours et je savais qu'il ne lui manquait plus que quatre kilos pour être comme auparavant. Elle avait retrouvé sa gaieté et sa bobine comique. A regarder Coquine, personne n'aurait pu deviner par où elle était passée.

Avec mon père également, ça se passait bien maintenant. La seule chose, c'est que c'était toujours moi qui l'appelait. Lui n'osait pas. Une fois, au téléphone, je lui ai dit :

– Papa, tu as trouvé un nouveau travail, il paraît... Maman est contente pour toi... Si, je te le jure... Moi aussi, tu penses !... C'est formidable !... Il te plaît ?...

Au milieu de la conversation, mon père a repris tout à coup son ton mal assuré. Pourtant maintenant, on se parlait librement. Il cherchait à me dire quelque chose, mais il prenait des tas de précautions. Il disait que j'allais être surprise. Que je risquais d'être choquée. Ça semblait si difficile. Si grave. Alors il reprenait autrement :

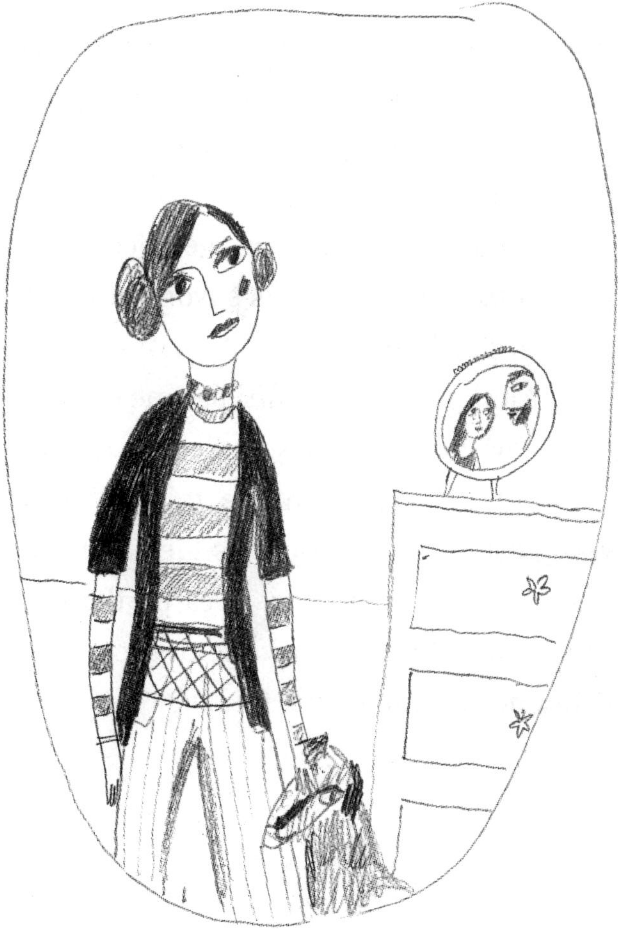

– Moi, c'est sûr que cela me ferait plaisir. Oh, oui ! Mais toi, tu vas sûrement répondre non. D'ailleurs tu as bien le droit. Tu peux m'envoyer sur les roses, tu sais. A ta place, c'est ce que je ferais... En tout cas... c'est ce que j'aurais fait... avant...

Il a fallu que je l'encourage encore, que je lui jure que je voulais savoir, et que je n'allais pas le trouver idiot, quoi qu'il me dise. Alors mon père a fini par me confier :

– Voilà : ce n'est pas facile à te demander... Mais... la prochaine fois qu'on se verra, est-ce que tu voudrais bien... en tout cas, si tu n'as pas peur, si ça ne t'ennuie pas... Est-ce que... est-ce que tu accepterais d'amener Coquine avec toi ?

On est arrivées en avance toutes les deux. Devant l'entrée, Coquine a failli gratter à la porte et je l'ai arrêtée juste à temps. Mon père a vite ouvert et il nous a dit en souriant :

– Entrez, mesdemoiselles !

Il avait quand même l'air un peu intimidé jusqu'à ce qu'il caresse Coquine, d'abord sur le dos, puis sur la tête. Je lui ai indiqué :

– Tu sais ce qu'elle préfère, c'est que tu la grattes là, tu vois, sous le poitrail.

Il a essayé, et puis il a recommencé à gratter Coquine sur la tête. Mais chaque fois,

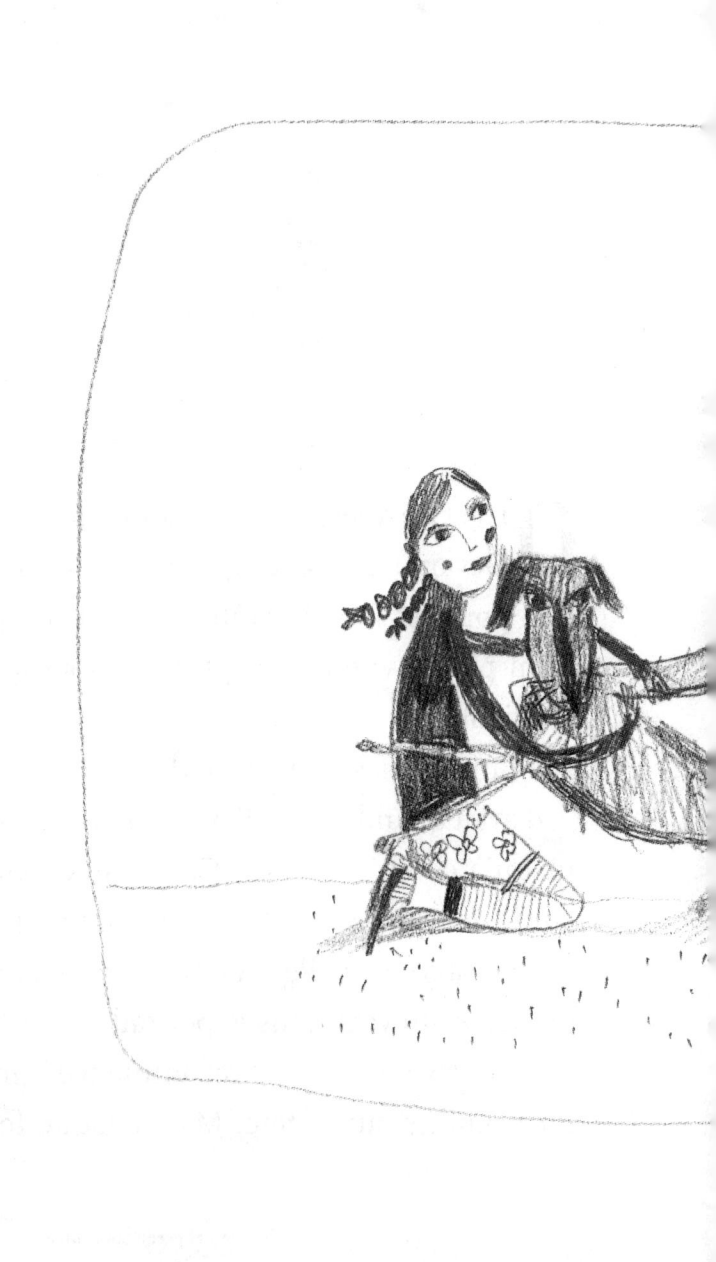

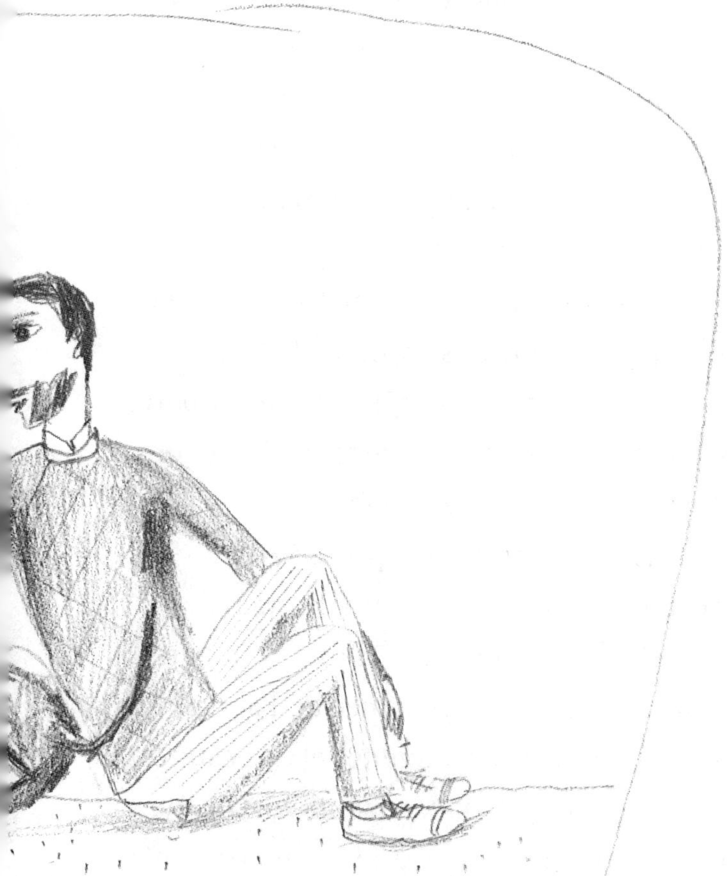

Coquine se dégageait d'un grand mouvement pour que la main de mon père se retrouve de nouveau en haut de son poitrail. Elle avait l'air de vraiment apprécier et, du coup, il n'osait plus retirer sa main. Je lui ai dit :

– Eh bien ! Tu es mal parti ! Parce que ce n'est pas elle qui va se fatiguer !

– C'est dommage, a répondu mon père, parce que je vous avais préparé à goûter... Mais si je ne peux pas bouger...

– Eh ! dans ce cas, Coquine va peut-être accepter que tu la laisses un moment !

Il est allé à la cuisine et il est revenu avec, pour moi, un gâteau et du nectar d'abricot et, pour Coquine, des croquettes et de l'eau. On est restés longtemps ensemble. On était bien. C'est ce jour-là que mon père m'a raconté tout ce qu'il avait fait pour tenter de retrouver Coquine. A la fin, il m'a demandé :

– Et pour le dressage, où tu en es ?

– Oh ! Je continue à la faire travailler ! Regarde !

Je me suis levée, j'ai dressé l'index en disant « ÉPINARD », et Coquine s'est allongée de tout son long. Ensuite : « SPAGHETTI » et Coquine s'est mise sur ses fesses d'un air fier. Puis : « CHOCOLAT » et la chienne s'est levée à l'instant.

– Bravo ! s'est exclamé mon père. Je vois qu'elle n'a rien perdu.

Il avait l'air vraiment heureux. Il avait son petit sourire que j'aime. Et il a ajouté :

– Au fond, tout est comme avant. Rien n'a changé.

Mais là, quand même, je trouve qu'il a exagéré. Parce qu'au moment où il disait ça, Coquine s'est avancée vers son visage et l'a léché d'un grand coup de langue. Et ça, avant, c'est sûr, mon père ne l'aurait jamais accepté !

L'auteur

François David, né à Paris, vit dans le Cotentin où il enseigne le théâtre. Il écrit dans des genres et pour des publics très divers. Plusieurs de ses textes ont été adaptés pour la scène. Ses livres sont traduits dans de nombreuses langues. En 2002, il a reçu le prix Octogones pour *Les Enfants de la lune et du soleil*, publié aux éditions Møtus, dont il est le fondateur.

Maquette : Aubin Leray
Loi n°49-956 du 16 juillet 1949
sur les publications destinées à la jeunesse
ISBN 2-07-055870-3
Numéro d'édition : 128259
Dépôt légal : juin 2004
Imprimé en Espagne
par Novoprint (Barcelone)